JUGEMENT DERNIER

DE

NAPOLÉON BONAPARTE,

EX-EMPEREUR.

JUGEMENT DERNIER

DE

NAPOLÉON BONAPARTE,

EX-EMPEREUR;

PAR M. C****,

MEMBRE DE PLUSIEURS SOCIÉTÉS ACADÉMIQUES.

PARIS,

CHEZ { PLANCHER, ÉDITEUR, RUE SERPENTE, N° 14;
EYMERY, LIBRAIRE, RUE MAZARINE, N° 30;
DELAUNAY, LIBRAIRE, PALAIS ROYAL.

1815.

RÉFLEXIONS PRÉLIMINAIRES

DE L'AUTEUR.

Je vais entreprendre, dans un cadre fort étroit, celui d'une brochure, de découvrir entièrement, sous les yeux du public et des hommes égarés par l'esprit de parti et par l'intérêt personnel, ou encore fanatisés par la magie criminelle du *terrorisme impérial*, les odieuses menées de l'imposture, de l'astuce, des mensonges les plus absurdes comme les plus atroces, ainsi que les viles souplesses employées par le plus cruel charlatanisme, pour nous faire ramper sous L'ORDRE DU SABRE : les annales mêmes de la *terreur* ne nous offrent, dans les odieux souvenirs qui nous en restent, que de faibles essais, en comparaison ici des méditations profondes, des spéculations savantes du crime armé du pouvoir souverain.

Entouré d'hommes d'esprit, mais d'un esprit malfaisant, aidé de gens à talens, mais de talens funestes, cet autre MARAT, NAPOLÉON DERNIER, par ses infâmes machinations, était parvenu à *militariser*, ou pour mieux dire, à asservir un des plus beaux royaumes du monde : tout ne se gouvernait plus que par la baguette du tambour;

avec cette verge de fer, comme une autre MÉDÉE, comme une autre ARMIDE, il enfantait d'un coup d'œil des milliers de satellites..... Je veux dire, comme l'exprime si profondément madame de Staël, qu'il faisait passer la fureur des combats, de la spoliation et du désordre dans tous les esprits qu'il avait ensorcelés, et soufflant les vapeurs noires de son génie destructeur dans toutes les âmes, il formait aussitôt un BUONAPARTE de l'homme le mieux né; rien ne se réglait plus qu'au son de la caisse.

Education, littérature, police, gouvernement, lycées, écoles normales, droit, sciences exactes, arts d'agrément, ce n'était plus qu'au moyen de cet instrument bruyant que les lois impériales étaient exécutées. Je crois vraiment que bientôt la cérémonie du baptême ne se serait désormais plus faite qu'au bruit du tambour, *et au pas redoublé;* de cette manière, le nouveau né, familiarisé, en ouvrant à peine les yeux, à l'arrêt prématuré de sa mort, déjà prononcé par une législation homicide, se serait acheminé sans épouvante vers le moment fatal de sa conscription, et aurait conséquemment moins redouté un trépas certain dont son berceau et son enfance même aurait comme savouré les apprêts..... Que ne donnait-on des primes aux mères fécondes en enfans mâles! Ce moyen d'encouragement a manqué à la présence d'esprit de nos artisans de conscriptions ou de proscriptions, mots qui assurément peuvent bien se considérer comme synonymes. Si de cet état d'horreurs incalculables je passe à une classe d'hommes tarés, immoraux et cupides, j'y vois en eux les succès les plus brillans de la rapine, des concussions et du vol heureux. Des *honneurs* ne manquaient pas de couvrir d'une écorce brillante leurs brigandages, semblaient les justifier, et même les consacrer par des récompenses nationales qui devaient être réservées à l'homme de bien : le siècle de Napoléon enfin était le siècle des fripons fortunés ; tout habile concussionnaire *idolâtre du Veau d'or* était sûr de marcher d'un pas rapide aux richesses, s'il prenait le chemin *des affaires* et de l'intrigue. Eh, vraiment! qu'importait à l'égoïste agioteur, qui combinait des bénéfices immenses sur les oscillations de la calamité publique, que le sang coulât à flots ; que le cultivateur fût enlevé à sa charrue, l'artisan à son atelier, le dernier enfant à sa mère, s'il prospérait au milieu de ces désastres?... c'était, dis-je, le siècle de l'égoïsme le plus odieux et de l'ambition la plus folle : ici la fille oublie que son père est mort mutilé sur un champ de bataille, et n'a fermé sa paupière, n'a exhalé son dernier soupir, que parmi des frimas sur une arêne brûlante, ou sous la roue meurtrière d'un caisson, ou bien encore sous les pieds d'un escadron fugitif... Qu'importe effectivement à cette fille qui est *à la hauteur des circonstances* et douée d'un noble esprit fort!... elle va hériter, elle aura *une plume de plus à son chapeau*, et un peigne de coraux ou de diamans plus riches que celui de son amie, qui n'est que la fille d'un colonel ou d'un sous-préfet. La sœur sera-t-elle plus sensible, plus humaine, dans ce temps affreux où la voix de la nature est tout-à-fait étouffée sous les spéculations du faux orgueil et des petites ambitions personnelles ?.... Oui, sans doute, si cette dernière y voit sa fortune et *son ton* y recevoir quelqu'atteinte ; mais au lieu d'une humiliante diminution de train, au contraire, si elle peut prendre, au décès de son frère, un essor plus fastueux, les larmes seront bientôt taries, surtout en voyant les apprêts, la toilette *agréablement funèbre* d'un deuil qui relève, devant une glace vingt fois consultée, l'éclat de sa blancheur.... Enfin, cette rage stupide et féroce de s'élever très-haut, *en une seule campagne*, avait tellement séché le cœur et mis les esprits en démence, que j'ai vu, tout récemment encore, une jeune femme mariée à un aide de camp exciter son époux à faire *quelque coup d'éclat*, afin d'obtenir une promotion, qu'en dût l'appeler *madame la commandante*, et qu'elle eût le droit de faire baisser les grands airs de sa cousine qui s'était unie à un lieutenant colonel. « *Expose-toi bien*, mon cher » ami, disait cette sensible Parisienne à son » époux, dans les épanchemens de sa tendresse » conjugale ; obtiens bien vite la *croix et des*

» *graines d'épinards*, et je t'aimerai à la folie.
» Oh! que j'aurais de plaisir, que je serais ravie,
» ajoutait-elle, d'humilier ma sœur aînée, dont
» le mari, à force d'intrigues et de génuflexions,
» vient d'obtenir une préfecture dans le Midi,
» pour avoir promis à *l'Empereur* qu'il s'enga-
» geait, sur son honneur et sa responsabilité, de
» faire marcher, par anticipation, toute la cons-
» cription de 1816; il est vrai, remarquait cette
» sotte pleine de vanité, que mon frère en serait,
» mais nous lui obtiendrions bientôt une sous-
» lieutenance dans un régiment qui est destiné à
» reconquérir les Espagnes... »

Voici quel était en résumé le babil, la fierté, le jargonnage, la folie de certaines étourdies, insensibles et inconsidérées : je n'ai cependant qu'esquissé très-succinctement un seul trait de nos mœurs actuelles; et d'ailleurs, pourrais-je m'étendre davantage? les limites que je me suis en quelque sorte prescrites dans ce cadre sont trop étroites pour un sujet aussi vaste que fécond; et c'est moins pour prétendre en dévoiler tous les ressorts et tout le machiavélisme, que pour ouvrir la barrière à d'illustres écrivains, que je touche d'une main hardie, un des premiers, A LA CAUSE SAINTE de l'Europe, qu'un tyran, un Tamerlan furieux a eu l'art meurtrier de mettre à feu et à sang pendant dix années d'épouvante et de deuil.

Je veux toutefois employer mes efforts pour

suivre, quoique de très-loin, les traces glorieuses d'un homme d'état, d'un homme de lettres, d'un vrai Français enfin, je veux dire, le sensible, l'éloquent M. de Châteaubriand, dont la digne renommée peut sans doute se passer ici de mes hommages : sa sagacité, sa pénétration aurait indubitablement mieux que moi révélé à son siècle les nouvelles horreurs dont nous venons d'être les témoins, ou, pour mieux dire, les victimes passibles et muettes; mais à défaut de ses talens, de ses lumières, que la droiture de mes sentimens, l'élévation de ma cause, le nom révéré et adoré de mon Roi, que la sainte vérité surtout fasse rejaillir sur mes faibles écrits quelques étincelles de son flambeau divin, et répande sa clarté sur les ténèbres épaisses dont une tyrannie ingénieuse enveloppait ses infernals complots.

Je l'avoue, et non avec une modestie orgueilleuse d'auteur, mes forces ne sont pas au niveau de mon sujet, et lorsque je cite M. de Châteaubriand, ce n'est pas dans l'espoir présomptueux d'imiter la vivacité de ses saillies, le *mordant* de ses remarques et de ses réflexions; je n'ai pas la prétention de manier le fouet de la satire avec la même habileté, et de faire *pâlir un tyran sous le dais*, par la force de l'ironie, la justesse des récriminations et l'énergie de ma logique; mais dans une matière, aussi féconde que douloureuse, qui ne peut se flatter, étant d'ailleurs doué des qualités de la probité et de la sensibilité, d'avoir su démêler une partie de toutes les infamies *napoléoniennes* à travers le rideau maladroit dont un ministère assassin et entièrement dévoué, par sentiment comme par intérêt, à l'usurpateur, prétendait grossièrement les couvrir ! . . . Oui, j'en ai la pénible conviction, on peut long-temps glaner, on peut même moissonner encore sur ce théâtre sanglant une ample récolte d'épisodes affreux, de détails cruels, d'accessoires odieux que la moindre sagacité saisira facilement. Ensuite M. de Châteaubriand, fidèle à son roi, dans sa glorieuse absence de la capitale, n'a pu connaître qu'indirectement, et par des correspondances toujours tardives, et quelquefois inexactes, ce que j'ai vu et *touché au doigt*. Nos journaux, assez souvent imposteurs, et presque toujours alors sous la *férule d'acier* du gouvernement, ne lui auront appris que l'*inverse des choses*; et quoique son esprit pénétrant n'aura sans doute pas pris le change, il n'a pas cependant assisté, comme moi, de près à toutes les scènes du dernier acte de la pièce que j'appellerai ici *le grand drame sanglant*; j'étais enfin, si je puis m'exprimer ainsi, dans la coulisse, et ai vu les grimaces et les contorsions de tous nos *acteurs impériaux*, de tous nos baladins titrés et *petits tyrans subalternes de cour* qui, pour *grand cheval de bataille*, jetaient toujours en avant, dans leurs opérations sacriléges, les grands mots magiques de *patrie*, *honneur na-*

tional, indépendance, gloire de nos armées; et sous ces égides sacrées, profanées par des bouches corrompues, ne cherchaient cependant qu'à sauver leurs richesses, leur rang, leurs personnes, de l'ignominie, de la réprobation générale, de l'anathême lancé sur quelques-uns d'entre eux, et enfin de la vindicte publique prononcée contre tous.... — *Le magnanime empereur, le faux grand homme* avait abdiqué, il est vrai; mais son testament politique ne leur prescrivait-il pas de ne laisser respirer dans leurs délibérations que combats et carnage? Il ne fallait rien moins que mettre en mouvement la moitié du peuple français pour faire assassiner l'autre moitié; les classes les plus abjectes de la société étaient *travaillées* pour concourir à ce grand œuvre de démence......; cette soif inextinguible de sang que le trépas de huit millions et plus de créatures humaines n'avait pu assouvir, se trouvait perpétuée infailliblement par le digne *legs* d'un tyran à son fils; et si Napoléon 1er se trouvait dans la douloureuse impuissance de ne pouvoir plus présider comme *ordonnateur en chef aux boucheries impériales*, Napoléon II, en digne émule, tenant en main la bannière des massacres, étendait encore plus, à la faveur de l'anarchie, le crêpe mortel jeté sur toute l'Europe.....

Une régence composée d'élémens *napoléoniens* était là toute prête pour éterniser nos malheurs et donner au *jeune prince* les leçons d'un machiavélisme destructeur, ou plutôt, régnant en despote sous le voile de ce fantôme impérial, elle prétendait asseoir les bases nouvelles de cette seconde usurpation, assurer l'impunité aux factieux, le prix de la trahison aux traîtres, légitimer les spoliations, et consolider une fausse représentation nationale souillant les autels de la législation de sa criminelle impudence....

Sera-ce donc, grand Dieu! *la dernière goutte de sang* versée pour un aussi odieux système? Buonaparte, ce second Mahomet entouré de tant de *Séides* fanatiques, aura-t-il souillé les marches du trône des lis pour la dernière fois, et l'île de Sainte-Hélène enfin sera-t-elle le dernier antre où sa fureur enchaînée ne tentera plus que des efforts impuissans?... Le bonheur, le repos du monde entier nous l'assure du moins, si la cruelle expérience que nous venons de faire d'un attentat unique dans les annales de l'audace, ne nous inspirait encore la secrète crainte du retour d'un homme qui ne respire que pour le malheur des ses semblables, et dont les conceptions malfaisantes, mues par le plus infernal système de *matérialisme*, ont prouvé pendant vingt ans que cet autre *Desade* (1), dans ses sophismes affreux, n'a jamais considéré l'homme que comme une *vile*

---

(1) Auteur d'un livre trop célèbre.

denrée, une argile docile faite pour recevoir servilement toutes les formes qu'il plairait à une main hardie de lui donner, et ensuite en rejeter les débris avec dédain dans le grand creuset dont il l'aurait tirée.... Habile à s'entourer des *crimes encore vivans* de notre révolution, il composa sa cour et ses courtisans des débris du jacobinisme, et ne renversa les échafauds de Marat que pour y substituer les fusillades clandestines de Vincennes. Son orgueil en démence, comme celui d'un autre Charles XII, va-t-il *chercher* pour ses armées la mort des martyrs dans les régions hyperborées ? des *Thuriféraires*, aussi infâmes que cupides, lui prouvent à *plat ventre* qu'il n'a cédé qu'au climat une victoire que sa gloire désavoue ; et pour le consoler du déplaisir passager que ce léger *contretemps* (la perte de quatre cent mille hommes) a pu causer à ses esprits, une fatalité damnable, qui fit avorter la plus sainte des conspirations, met aussitôt aux pieds du tyran une coupe remplie du sang des Mallets....... — Ce sacrifice d'un héros flatte l'odorat du monstre, et s'il conçoit quelque dépit d'apprendre que son ministère de police a été tellement en défaut, il se calme à la vue d'une certaine quantité de victimes fusillées, mutilées, dont les cadavres fumans assurent encore une fois son triomphe.... — Mais non, je m'abuse ; sa rage n'est pas satisfaite ; il interroge, il questionne; il apprend avec douleur qu'on a précipité les exécutions, et que par cette précipitation inconsidérée on a facilité l'évasion de quelques Mucius Scœvolas, et empêché de découvrir la noble trame d'autres illustres conspirateurs dont la tête aurait tombée avec celle de l'immortel Mallet...... Alors quel soudain dépit s'empare de l'esprit de l'usurpateur!.... Quelques gouttes de sang ont été épargnées, sauvées..... jugez de son cuisant chagrin!...... O Mallet! que ton ombre immortelle et vengeresse plane sur les rochers de Sainte-Hélène et remplisse de terreur l'âme de ton odieux oppresseur!...... Va, comme Corday, tu vivras dans la plus longue postérité. Puisque tu as succombé dans tes généreux complots, que ton ombre du moins apparaisse sans cesse devant ton bourreau; trouble son sommeil par des images épouvantables, et attache le remords au cœur de cet assassin!.....

Mais cessons de me livrer à la fougue irréfléchie de ma propre indignation; atteignons le but que je me suis proposé, et mettons enfin, s'il se peut, de la méthode, de l'ordre, en cherchant cependant à peindre des scènes de trahison, de carnage, de confusion et de désordres.

La marche que je me suis prescrite est de diviser en sorte de chapitres toutes les observations que mon faible jugement m'a permis de faire dans le cours des événemens extraordinaires qui viennent de se passer, et de montrer *le faux héros* dans tout son horrible jour. Je vais donc faire succéder à ces RÉFLEXIONS GÉNÉRALES ET PRÉLIMINAIRES les premiers faits que le chapitre suivant présentera à mes lecteurs.

LE TRIOMPHE DES ROYALISTES, ET DE LA CAUSE SAINTE, OU LA CHUTE DU TYRAN.

CHAPITRE PREMIER.

Intrigues du cabinet de l'île d'Elbe; évasion de Buonaparte de cette île. — Son débarquement à Fréjus. — Ses manœuvres sur les côtes du département du Var, et son arrivée à Lyon.

Les plus grands apologistes des crimes et des sottises de Buonaparte, ainsi que ses plus fanatiques admirateurs, pour peu qu'ils voulussent détacher un moment le bandeau épais qui couvre leurs yeux, ne pourraient disconvenir qu'il n'y eût jamais, dans le complot ourdi par Napoléon, ce degré d'habileté, de hardiesse et de génie dont ils affectent de revêtir avec enthousiasme le dernier acte d'usurpation de leur Cromwel : en effet, quel excès de finesse!..... et où est donc ici le mérite de la difficulté vaincue?..... Buonaparte exilé à l'île d'Elbe, feignant une résignation et un calme qui n'approchèrent jamais de son cœur forcené, paraît se soumettre aux ordres du destin. Fataliste, comme il a affecté quelquefois de l'être, il attribua, dit-on, à une prédestinée invincible une catastrophe que toute la prudence humaine n'aurait su éviter; mais sous ce masque il inspire quelque confiance à ses généreux surveillans; les adule, se lie avec eux, trame à la fois le plus odieux comme le plus chanceux des attentats, et enfin parvient à violer une seconde fois le sanctuaire du trône de Saint-Louis, précédé de son digne cortége accoutumé, la ruse, la force, la trahison, la violence, l'astuce la plus perfide, l'hypocrisie, et enfin la complicité de tous ses partisans..... Est-ce donc là du génie?..... est-ce donc là du talent?...... Les hautes puissances lui ayant accordé, par un sentiment de magnanimité qui accompagna toujours l'expression de leurs décisions, une trop grande extension de liberté, voulant sans doute lui donner une preuve éclatante qu'elles savaient agir en ennemies généreuses, et connaissaient ce qu'elles devaient de pitié, *non au courage malheureux, mais à une ambition chimérique et désormais impuissante*, lui firent l'honneur de penser qu'elles lui supposaient un reste, *non de conscience*, mais de pudeur, et n'imaginèrent pas qu'un traité, des clauses fort avantageuses pour le *détrôné*, acceptées par l'Europe et lui-même, seraient indignement violés à la face de cette même Europe, au mépris de tous les actes de clémence dont il avait été comblé.....

Buonaparte n'eut donc aucun mérite, si ce n'est celui d'une infâme perfidie, à faire un monstrueux abus de la noble liberté dont les commissaires étrangers le laissèrent imprudemment jouir dans le port de Ferrajo. Si au contraire il avait connu tous les prestiges, tout le fanatisme qu'inspire le point d'honneur à la nation anglaise, esclave de sa parole et de sa signature, il n'aurait pas rompu, plein de la religion des sermens, la plus fragile des barrières...... — Un ruban seul, posé aux limites qu'il était convenu de ne jamais franchir, aurait dû suffire à un homme plein d'honneur. Mais ici quelle énorme différence avec celui pour qui les lois divines et humaines ne furent jamais considérées, dans sa politique paradoxale, que comme de puériles préjugés ! ....

C'était donc le comble de la folie, de la démence, de s'attendre à le voir respecter un seul instant les lois inviolables des traités.......: à peine si un mur d'airain lui eût paru un obstacle difficile à vaincre; à peine, dis-je, si le serment redoutable sur l'Evangile lui eût semblé de quelque considération!...... Comment a-t-on donc eu la généreuse faiblesse de traiter comme un autre homme, celui qui n'a jamais rien eu de commun avec l'*humanité?*

J'ai dit plus haut que je ne reconnaissais aucune profondeur, aucun mérite d'invention dans sa seconde *échaffourée*, et je le prouverai. Lors de son exil, tous les ministères, toutes les autorités premières, ou en second ordre, tant civiles que militaires, étaient, pour la plupart, composées d'*élémens napoléoniens*, et un grand nombre de personnages, encore en place, idolâtres, par intérêt personnel, de leur *pagode renversée*, ne laissaient pas que de préparer le terrain, de disposer le théâtre de la trahison, d'entretenir partout les espérances criminelles de son criminel retour; sa majesté Louis XVIII, confiante dans l'honneur militaire, et prêtant à des hommes familiers avec la *banalité du serment*, la force de superstition et d'inviolabilité qu'elle y attache elle-même; supposant à des magistrats, à des hommes titrés, une partie des qualités éminentes qui ornent son esprit, et des vertus qui distinguent sa grande âme, sa majesté, dis-je, ne leur fit pas la honte de craindre un moment que ces mêmes hommes se jouassent de la sainteté des sermens, que leur soumission ne fût qu'une imposture, et que leur bouche ne prodiguât les protestations de fidélité, que pour se ménager des intelligences plus commodes près de sa personne, et ramener ainsi plus facilement un chef de parjures.....

Ainsi, non seulement dans le cabinet secret des ministères, mais même près du trône, la trahison avait placé mystérieusement le siége de ses perfides combinaisons; et la main même qui devait s'armer pour secourir la tige des lis attaqués, tourna contre son auguste et généreux souverain, contre les princes d'une famille adorée, des armes parricides.....

Quelques agens cauteleux faisaient le *service impérial* d'une correspondance aussi malfaisante qu'assurée, sous le manteau commode du service royal. — S'agit-il du maniement des troupes enfin? On avait *pru-*

demment placé sur toute la ligne que devait parcourir Buonaparte, des garnisons qui lui étaient vouées: et d'ailleurs, soudoyées et endoctrinées par les chefs, elles ne pouvaient manquer d'épouser avec ardeur un plan qui flattait l'ambition des uns, et l'esprit de vengeance des autres. — Ainsi, par tous ces artifices, par tous ces préparatifs faciles à organiser sous le rapport des choses comme des personnes, on aplanissait l'itinéraire tracé pour un audacieux imprudent, on lui ouvrait le vaste champ d'une liberté, ou, pour mieux dire, d'une licence, dont il n'avait pas froidement médité et prévu les effets et l'infaillible issue; libre de ses chaînes, il ravagea de nouveau, il détruisit sans cesse, et prouva à l'Europe que le silence de la captivité, si profitable pour un cœur susceptible de repentir, n'était pour le sien que l'occasion calme de méditer de nouveaux crimes.....

C'est ici que chacun de ses illustres complices, à son retour de l'île d'Elbe, s'était acquis le droit de lui dire, comme Antoine à César:

« J'ai préparé la chaîne où tu mets les citoyens,
» Content d'être sous toi le second des humains,
» Plus fier de t'attacher ce nouveau diadême,
» Plus grand de te servir, que de régner moi-même... »

Sa fureur enfantine pour les monumens qui consacraient les époques de ses caravanes meurtrières, du nord au midi, n'aurait pas besoin de fonder ici des obélisques, des colonnes trajanes, des trophées d'airain, pour immortaliser ses derniers faits militaires..... L'épouvante et la destruction de deux cent mille hommes dont il vient de joncher les champs belges, seront, pour son odieuse immortalité, un Louvre qui éternisera ses derniers actes de fureur....... — Mais n'anticipons pas sur les événemens, conduisons à Lyon cet énergumène, et jouissons de ses mortelles inquiétudes sur l'issue d'un plan qui le mettait à chaque instant à deux doigts de sa perte..... — A peine parvenu dans cette belle capitale de vrais royalistes, il ne songea pas à se concilier la classe riche des fabricans, des propriétaires aisés; au contraire, comme Robespierre, il voulut se mettre à dos les honnêtes hommes, il flatta l'esprit de pillage et de révolution des classes les plus viles de la société, pour se les concilier: moralement convaincu que l'honnête homme, l'homme animé d'un bon esprit, partisan de l'ordre et du bonheur général, ne pouvait être ni sa dupe ni son prosélyte, il descendit au petit peuple, et s'appliqua ainsi lui-même ce reproche qu'il eut un jour l'impudence de faire à la mémoire de Henri IV, en l'appelant *le roi de la canaille.* Les proclamations ne manquèrent pas de le précéder et de l'accompagner sur ce premier théâtre de son entreprise; car, comme un bateleur de places, ou un marchand de vulnéraire suisse, qui parcourt à cheval les carrefours publics, et muni de grandes sacoches, offre, avec un certain argotage de charlatan, des drogues au public; de même Buonaparte prodigua partout, et dans tous ses triomphes de hasard, le style prophétique, sentencieux, et charlatan, il affecta, comme un autre Mahomet, de lire dans l'avenir; ainsi qu'Alexandre, peut-être, il eût fini par se faire encenser comme une divinité, lui qui mérite le mépris et l'exécration du dernier des mortels.......

Je viens d'appeler ses conquêtes, *des triomphes de hasard;* mais je n'applique cette expression et cette métaphore qu'à ses conceptions hasardeuses et peu mûres : Dieu me garde de vouloir ici envelopper, dans ce reproche, les exploits glorieux d'une armée qui sut vaincre souvent sans lui, et possesseur tout entière de ses propres lauriers, voulut bien quelquefois les partager avec un homme qui n'eut d'autre mérite que de faire couler à flots et sans économie le sang précieux des braves...

Buonaparte connaissait tellement la magie des mots emphatiques sur l'esprit du vulgaire, que, dans ses plus grands revers, il les employa quelquefois avec succès. S'agit-il d'une bataille d'usurpation, d'iniquité et d'injustice, où la vie de cinquante mille hommes doit être sacrifiée aux cruelles passions d'un seul?.... Aussitôt une expression prophétique, et comme maîtresse du sort des combats, en donne le signal : *C'est le soleil d'Austerlitz!*... Tous ces *impromptus* de grand homme *faits à loisir*, toutes ces réponses brèves, et qui renferment beaucoup de sens en peu de mots, on voit qu'elles sont *travaillées*, et mûrement réfléchies ; elles se ressentent de l'alambic sinueux et entortillé par lequel *le héros du siècle* les a fait passer avant de les prononcer d'un ton dictatique : enfin personne mieux que lui n'a connu les effets certains d'un charlatanisme un peu étudié sur l'esprit des hommes. Il en combinait tous les ressorts ; et du vulgaire jusqu'aux souverains avec lesquels il a traité, il a souvent affecté d'employer ce *jargonnage* imposant et qui ne laisse pas que d'intimider un moment les sots, surtout lorsque quelques succès éphémères le précèdent (1). Combien le Corse devait être peu grand homme pour son valet de chambre ou ses sécretaires particuliers !... Que de *petitesses* ils devaient apercevoir dans ce pygmée, surtout lorsque ce plaisant maître du monde se livrait à des *voies de fait*, et frappait les principaux appuis du trône de son usurpation ! Car le public ne l'ignore pas, plus d'un personnage marquant a été la victime des violences les plus indignes, et le beau sexe n'a pas été plus épargné par ses brutales mains.... Voilà donc, au moral, le dieu du jour; voilà donc le digne objet des admirations *d'un quart de siècle*; si je l'examine sous le rapport du physique, je suis loin d'apercevoir que la nature aurait été moins marâtre à son égard : *Buonaparte magnus*,

---

(1) A Dresde, il répond à un parlementaire :

« *La famille de Saxe aura cessé de régner si elle* » *ne dépose les armes.* »

A Madrid, c'est une autre fanfaronnade :

« *La dynastie des Napoléon a régné et régnera* » *sur les Espagnes et les Indes.* » Encore !.... Quel excès de *Don-Guichoterie* et d'impudeur !

corpore parvus erat; un teint huileux, des traits de conspirateur, et une dureté d'expression qui ne pouvait jamais lui concilier les cœurs; une imagination creuse, fouettée continuellement par des aromates violens; du charlatanisme jusque dans le choix de la forme d'un chapeau, de la couleur d'une redingote; point de qualités privées, point d'enjouement, point d'amabilité; mais toujours sur le front l'empreinte d'un projet sinistre, et le plan profondément médité de rompre quelque *digue de sang* qu'un coin de l'Europe aurait su dérober à ses vastes dévastations.... Sagit-il d'un prince chéri de toute la terre, arraché subitement sur un sol étranger contre tous les droits des gens et des nations?... *Qu'on le fusille sans désemparer :* mais une épouse chérie aux Français par le souvenir de ses vertus (Josephine), une famille entière éplorée, prosternée à ses genoux, veut, malgré lui, le délivrer du poids de ce dernier crime... — *Inflexible, vous dis-je, qu'on le fusille :* son cœur atroce, inaccessible à la prière, aux larmes, fait percer de balles le cœur le plus noble, et ose teindre la tige des lis du sang le plus pur des Bourbons..... de celui du duc d'Enghien!.... O crime abominable!.... et que mes sens sont troublés, épouvantés en le retraçant !....

C'est ici que Buonaparte pourrait bien s'appliquer, en la parodiant, cette tirade de Brutus :

« Qu'à l'Univers surpris cette infâme action
» Soit un objet d'horreur et d'exécration ;
» Toujours indépendant et toujours assassin,
» Ma vengeance me suffit, tout le reste n'est rien...»

Pour clore ce sanglant chapitre, je terminerai par dire un mot et faire quelques réflexions supplémentaires relatives à son système de PROCLAMATIONS. On n'ignore pas celles d'Egypte et l'histoire lamentable des pestiférés *de Jaffa*, qu'un pinceau imposteur transforma, défigura sous les traits d'une action héroïque : on sait également que des *proclamations* imprimées à l'avance, et datées même du château d'Acken, près Bruxelles, promettaient aux Belges, comme il l'avait fait aux Saxons, le bonheur sous les auspices du ravage, de l'incendie, du vol et du viol.... Moi, j'ai été témoin, à Troyes, de la fusillade expéditive d'un généreux et loyal chevalier de saint Louis?...*Une proclamation* philanthropique du *grand homme* avait précédé cet acte immédiat d'esprit fort et de philosophie..... — Il est temps de fermer la galerie de tous ces tableaux déchirans, et de faire reposer l'esprit de mes lecteurs sur des images riantes, telles que celles des Bourbons, de nos SOUVERAINS LÉGITIMES, et des vrais et illustres royalistes qui leur sont restés fidèles : cependant, malgré la douleur que je viens d'éprouver moi-même, en trempant mes pinceaux dans des couleurs aussi sombres, je suis encore dans la nécessité de m'étendre sur quelques circonstances pénibles qui tiennent essentiellement au PRÉCIS HISTORIQUE que je me suis proposé de faire, et que le chapitre qui suit va offrir de suite.

CHAPITRE II.

Entrée de Buonaparte dans Paris. — Départ du Roi et des princes. — Impostures. — Trève prétendue de vingt ans dans sa poche.— Arrangemens supposés avec la maison d'Autriche. — Nouveau traité avec Murat. — Promesses fallacieuses de l'arrivée de S. A. I. l'archiduchesse Marie-Louise.

Quel jour de tristesse et de deuil général que celui du départ du roi, de nos princes, de l'arrivée de l'usurpateur dans la capitale !..... Ses plus chauds adulateurs ne purent cependant le persuader de *l'amour sincère* des Parisiens, de *l'enthousiasme général* qui régnait à Paris ; il n'y voyait pas, comme sur tout son passage de Grenoble jusqu'ici, deux haies de baïonnettes *officieuses*, sous les auspices desquelles le peuple français *tout entier* criait *vive l'empereur!* La population immense de Paris ne laissait pas de l'effrayer secrètement ; et connaissant mieux que personne son véritable esprit, presque tout entier royaliste, il n'osa courir la chance d'être *hué et conspué de jour* dans le sein même *de sa bonne ville;* il agit donc avec beaucoup de prudence, en s'installant *de nuit, sous l'ordre tutélaire du sabre*, dans le palais des Tuileries : deux haies de cavalerie traçaient étroitement le passage qui lui était réservé pour arriver au grand vestibule; et d'honneur, ce sinistre cortége, cet appareil militaire et formidable, qui donnait une idée *du vœu général* de la nation, ressemblait plus à une *exécution aux flambeaux*, qu'au retour d'un souverain dans sa résidence. Nous fûmes aussitôt à Paris sous le règne de *la terreur;* le cri séditieux de *vive l'empereur!* annonçait hautement d'une voix sinistre que l'oppression et la mort étaient réservées aux royalistes fidèles qui rejeteraient ce ralliement odieux de conjurés : le silence même était coupable, et un *buonapartiste* outré et féroce lisait dans vos yeux la réticence secrète, le sentiment indestructible qui vous portait avec ardeur vers votre roi, et vous faisait envisager avec horreur tous les instrumens, tous les agens de tyrannie, d'usurpation et de perfidie qui avaient éloigné votre véritable prince de la capitale..... Nombre de victimes furent immolées à la vengeance de la faction, pour quelques momens triomphante : on craignait, on tremblait, surtout les femmes, du voisinage d'un portier, d'un domestique, d'un artisan *napoléoniste......* — Comme sous Danton, sous Saint-Just, sous Robespierre, on dissimulait à la fois sa douleur et sa rage; et convaincu que l'on ne déploierait qu'un courage inutile et imprudent, l'on espérait avec raison que Dieu, irrité de tant d'audace, frapperait les méchans et nous délivrerait de leur horrible présence, pour y faire succéder les images de la paix et du bonheur, telles que celles de Louis XVIII, de la duchesse d'Angoulême et de tous nos princes chéris.

Mais ce premier coup de témérité, de la part de Buonaparte, n'était rien; ce n'était, dis-je, que le prélude de tout ce qu'il fallait encore entreprendre pour consolider le titre d'une fausse propriété, envahie *à force armée*, et peu facile à conserver sous le désaveu de l'opinion publique, qui était diamétralement contraire à ce premier excès. Que fit donc Buonaparte, pour calmer les esprits et flatter même ses plus ardens sectateurs, dont il ne laissait pas de craindre les réflexions tardives?..... Il affecta de faire répandre le bruit « qu'il avait *une trève de vingt ans dans sa* » *poche; que des arrangemens secrets avec* » *la maison d'Autriche, avec l'ex-roi Murat,*

» avaient été habilement négociés; et qu'en-
» fin l'archiduchesse Marie-Louise, appuyée
» de la garde impériale autrichienne, vien-
» drait sanctionner, par son prompt retour,
» son attentat inoui de lèse-nation, de lèse-
» majesté. » Mais ce fut vainement qu'on chercha à éblouir les esprits les plus prévenus par ces promesses fallacieuses :

La Noirceur masque en vain les poisons qu'elle verse;
Tout se sait tôt ou tard, et la vérité perce.

Beaucoup finirent, comme tous les gens raisonnables, par rejeter l'absurdité de mensonges qui ne se vérifiaient que trop à la honte de celui qui les avait fabriqués : surtout la fable de l'arrivée de l'archiduchesse donna sujet au public de se venger, par des plaisanteries, par des diatribes, de l'imposteur qui avait mis cette illustre princesse en avant, tandis qu'elle et sa cour repoussaient tout ce qui se revêtissait des formes du complot et de la trahison. — Ce sujet me conduisant naturellement aux *échafaudages du Champ-de-Mai*, je m'arrêterai ici pour en composer le fond de mon troisième chapitre.

CHAPITRE III.

Fête nationale : feu d'artifice. — Champ-de-Mai, et Vendée.

« La main des dieux, si long-temps suspendue,
» Semble ôter le bandeau qu'ils mettaient *sur sa vue....* »

BUONAPARTE désespérant, par les malheureuses épreuves qu'il avait tentées à l'étranger, d'entraîner l'Autriche dans son parti extravagant, et de diviser la coalition formidable qu'il savait se reformer de nouveau *contre lui seul;* voyant que tout l'art de sa politique et de sa diplomatie ne séduirait pas des princes qui avaient été trop de fois victimes de ses promesses séduisantes et mensongères, renonçant au projet chimérique d'incendier, de *révolutionner* la Pologne, la Suède, la Saxe, l'Italie, sous les efforts de quelques factieux et de son beau-frère, Napoléon se convainquit qu'il fallait se réduire aux ressources immenses que lui présentait encore la France sous le double rapport de sa *population masculine* et de ses richesses territoriales; flatté du souvenir qu'elle avait su résister et même vaincre l'Europe coalisée, dans le principe de ses révolutions, il conçut l'idée de réchauffer tous les élémens incendiaires de ces mêmes révolutions, et montrant lui-même sur sa tête l'assemblage grotesque du *bonnet rouge* avec la couronne impériale, présentant à ses peuples *la pique des jacobins* en faisceau, avec *la hache des licteurs et le sabre d'un hussard*, il espéra, sous l'influence de ces nouveaux talismans, et des torches réchauffées de nos anciennes séditions, récréer un parti puissant, capable de grands crimes et de grands efforts....

Que lui importait, en effet, sous quelles bannières coulât le sang des Français, pourvu qu'il fût versé *pour lui*, pour *les siens*, pour son infâme et exclusif égoïsme, pour sa plaisante dynastie *ajacacienne*, pour le maintien de sa seconde incursion sur notre sol !... D'ailleurs, les premiers acteurs, les premiers artisans de nos guillotinades, de nos malheurs révolutionnaires étaient encore *là près de lui* pour jeter de l'huile sur les flammes, mettre la *fraternité et la mort* à l'ordre du jour et faire soulever des millions de citoyens prêts à se faire égorger aveuglément pour une poignée de conspirateurs. La pensée de notre *Robespierre à cheval* (comme on l'a déjà dit fort ingénieusément) n'était donc pas tout-à-fait dénuée de quelque fondement. Pour parvenir à son but, il parut d'abord se complaire à se populariser; il institua sourdement des noyaux de fédérations, envoya des *représentans du peuple*, des commissaires impériaux dans tous les points de la France, et au moyen de son or corrupteur, il multiplia les forces d'opinion de son système et de son parti. Des adresses menteuses firent connaître aussitôt le dévouement général *à la personne sacrée* de l'empereur; et des prôneurs enchaînés par la présence de la soldatesque, *les mains liées et un bâillon à la bouche*, venaient déposer aux pieds du trône l'expression *de leur enthousiasme*, de leur ancien amour pour l'*égalité* et la *liberté*, dont un *souverain-geolier* venait, d'un style patriotique, réveiller en eux le souvenir glorieux..... De cette conduite de saltimbanque cruel, il passa à une autre invention plus burlesque; il imagina de puiser dans l'antiquité romaine l'idée de ces grandes ressources dans lesquelles la patrie en danger trouve quelquefois son salut: ce fut l'*échafaudage du Champ-de-Mai*, où notre histrion aux abois, monté sur des tréteaux de boulevards, réunit à grands frais à peine le *sixième terro-*

rifié ou vendu de la représentation nationale, et sous cette *majorité absolue* força, le sabre à la main, le peuple français d'accepter, sous les auspices de la liberté, un acte additionnel de tyrannie et de despotisme ; les plus chauds *impérialistes* même murmurèrent de cet excès d'audace, et trouvèrent à la fois monstrueux et plaisant, que le *déchu*, à peine remonté sur les quatre étais d'un trône chancelant, y osât parler du ton des Césars après la bataille de Pharsale. Dans le jeu de cette *farce*, au Champ-de-Mars, les sermens furent prodigués, exigés même, et tous portaient pour condition expresse « *qu'on devait mourir, qu'on devait* » *verser tout son sang pour lui* », pour le soutenir sur l'espèce de *mât de cocagne* où il s'était imprudemment cramponné : la garde nationale voulait cependant éluder le redoutable serment et la fatale condition *sine quâ non*; mais un berceau de sabres, ainsi que des chevaux de frise hérissés de baïonnettes, arrachèrent bientôt ce sentiment *spontané* et *libre*, et notre *empereur-jacobin-républicain*, charmé d'un vœu général *si librement exprimé*, proclama dans tout son empire qu'il en était l'idole, et que tout un peuple l'attachait à un trône qu'il ne conservait que pour son bon-

3

heur : de là découla naturellement pour lui la nécessité d'employer tous les efforts, tous les bras, pour défendre en sa simple qualité de général une nation *libre et indépendante*, qui ne pouvait plus vivre sans lui, qui *gémissait* lors de son exil à l'île d'Elbe ; exil *funeste* qui fut la cause de l'interruption douloureuse des massacres, et pendant laquelle le *philanthrope empereur* ne put dépenser son *revenu annuel de trois cent mille hommes....* Mais avant de courir creuser de nouvelles tombes, il était nécessaire de nous jeter, comme on dit, de la poudre aux yeux ; un feu d'artifice, plus bruyant que beau, fut donc tiré sur la place Louis XV. Un vaisseau à trois mâts, attaqué de toutes parts, et sous ce dernier rapport offrant la situation allégorique de la France, triomphait, *lumineux*, de ses ennemis : l'auteur de ce dessin ne s'est effectivement pas trompé dans le temps, en présentant cet emblême, car la France depuis, pour toujours purgée de la présence des brigands et du brigand qui la déchiraient, a vraiment triomphé de ses véritables ennemis ; c'est sans doute l'idée anticipée de l'auteur-machiniste.

Pendant qu'on employait ces moyens usés de tromper le peuple sur les plaies profondes que le *cancer napoléonien* faisait au cœur de la France; pendant, dis-je, que l'*enthousiasme était au comble*, que les corps francs, que les fédérations bretonne, champenoise et alsacienne enfantaient des légions et des armées dans le genre de celles que Don-Guichotte voyait liguées contre sa dulcinée du Toboso, une vendée vigoureuse et animée du meilleur esprit, c'est-à-dire royaliste, rejetait les fausses terreurs, ne tuait pas un temps précieux en un vain dépit, en d'inutiles ressentimens de pure conversation, elle agissait, se battait et triomphoit. Que la vertu du courage et de l'opinion est grande quand il s'agit de défendre son véritable souverain!!!.... Aussi notre héros, notre *roi d'un terme*, fut obligé de détacher l'élite de ses troupes, pour arrêter les progrès d'une guerre civile qui venait d'éclater au sein d'un peuple qui, la veille (du moins sur les tréteaux du Champ-de-Mai), présentait un ensemble d'opinion parfait et ne poussait qu'un cri, celui de *vive l'empereur!* Mais laissons quelques momens ce grand tableau pour passer à quelques épisodes dignes de la curiosité publique.

CHAPITRE IV.

Revues passées au Carrousel. — Buste du *grand homme* promené dans Paris. — Conscription de 1815; militaires pensionnés et retraités appelés ou plutôt forcés de marcher, etc. etc.

Malgré que je paraisse avoir rompu mon dernier chapitre, je ne laisserai pas ici d'en faire une continuation exacte dans ce quatrième-ci : j'ai voulu seulement donner à mes lecteurs l'éveil sur les objets nouveaux que je me propose de traiter maintenant et qui sont détaillés dans mon texte.

Reprenons. Il fut donc extrêmement bizarre, pour les observateurs judicieux et attentifs aux menées et aux opérations *martelées* et *louches* de Buonaparte, de le voir envoyer une partie de sa *jeune garde* et même de la *vieille* vers des points où l'*amour prétendu des peuples* pour sa personne était annoncé pompeusement dans tous les rapports des ministres et des fonctionnaires publics. Pendant que tout l'Ouest déclarait cette première scission, le Midi, constant dans son attachement à son roi, loin de rester en arrière dans une aussi belle cause, y participait, secondait les efforts de S. A. le duc d'Angoulême; et le courage et les talens de cet illustre prince, s'ils n'obtinrent pas une victoire complète, ils lui firent acquérir du moins la conviction qu'à Bordeaux, comme à Paris, son nom et sa personne étaient également adorés, et que l'esprit public y était tout entier pour le trône des lis : à cet égard madame la duchesse d'Angoulême, digne fille de Louis XVI, chercha, en amazone intrépide, à ramener dans cette même ville de Bordeaux des troupes égarées par la séduction et corrompues par les agens de Buonaparte : si alors, SON ALTESSE ne fut pas assez heureuse pour entraîner dans son parti des soldats qui méconnurent la sainteté, la justice de sa cause, et surtout l'élévation de son âme et l'éminence de ses qualités, la postérité n'en saura pas moins apprécier à sa haute valeur l'héroïsme de ses efforts, et les autres villes de la France ne peuvent qu'être jalouses de n'avoir pu être les témoins d'un courage aussi noble dans son sexe.....

Tandis que tant de scènes glorieuses commandaient l'admiration dans toutes les parties de la conduite de nos véritables princes, *le prince des charlatans* continuait de passer des revues sur la place du Carrousel; il contemplait avec délices la quantité de victimes qui paraissaient s'offrir de nouveau, et comme d'elles-mêmes, en holocaustes à ses autels impies et destructeurs..... — On n'osoit, il est vrai, dans ses ministères, prononcer le mot abhorré de conscription; mais des instructions assassines, envoyées sourdement aux préfectures, n'en enlevaient pas moins le dernier fils à sa mère, le dernier frère à la sœur; les militaires retraités et couverts d'honorables cicatrices ne se trouvaient pas à l'abri de cette proscription; un membre de moins n'était qu'un *faible* motif de réclamation, et le *Minotaure corse* était comme affligé et jaloux de voir un homme *tout entier* dans ses prétendus états..... — Personne n'ignore ce propos cruel qu'il tint à un régiment d'infanterie légère qui se plaignait de ses fatigues : « Pour donner de » véritables preuves de services, dit-il, un » régiment d'infanterie légère *doit être usé* » *jusqu'aux genoux*... » C'est ainsi que le genre humain était avili par un des plus vils de ses semblables! C'est ainsi que le sang français, mis à l'encan par un gouvernement parricide, insatiable de richesses et courbé sous le poids de ses bassesses vis-à-vis du *tigre elbois*, avait creusé, des rives de la Seine jusqu'à celles de la Vistule, du Tage et du Tibre, un fleuve de sang, et maintenait son odieuse prospérité dans cette épouvantable source : en qualité des premiers *équilibristes*, des premiers *génufléchisseurs* de l'Europe, ces *pères de la patrie* ne pouvaient manquer de plaire au tyran, *au singe-tigre*, en régularisant, en *moissons périodiques*, la génération française et celle de nos infortunés alliés, chez lesquels l'art meurtrier du système conscriptionnaire étendit partout ses ramifications homicides.

On ne peut que sourire de pitié en se rappelant avec quelle emphase le caméléon perfide annonça plusieurs fois ses entrées orgueilleuses dans les capitales de l'Europe.

Il ne manquait pas de choisir des anniversaires; fidèle à son système constant d'employer toujours de ces petits moyens de comédien, qui, ayant une apparence de merveilleux et se revêtissant de prestiges et d'illusions, ne manquent jamais leur effet sur le vulgaire : une fatalité détestable a trop long-temps voulu que ces odieuses prophéties se réalisassent souvent, et rappelassent à la mémoire le jour d'une bataille sanglante, par celui d'une bataille plus sanglante encore...... Mais quel dépit se sera emparé de ses esprits, quand une fois et pour toujours trompé dans ses funestes prédictions, il manque vis-à-vis même de ses plus aveugles admirateurs tous ses tours d'*escamotage*; quand il voit que la fortune capricieuse des armes l'abandonne à ses véritables moyens, c'est-à-dire à des facultés extraordinaires, mais non à de véritables talens. Quel déplaisir, par exemple, d'annoncer dernièrement son entrée dans Bruxelles, et de se voir de suite honteusement contraint de tourner le gouvernail de son vaisseau, battu par la tempête, vers le rocher de l'île de Sainte-Hélène !.... Quelle ignominie d'annoncer pompeusement à Wilna, que « *la Russie est entraînée à sa perte par un fatal destin......* », et d'y laisser, lui fugitif, sous les neiges, une armée couverte de lauriers!..... Voilà à quoi aboutissent toujours les entreprises gigantesques, les rodomontades d'un *prévôt de salle.....* à l'humiliation qu'il a cherchée, à la punition qu'il mérite.....

CHAPITRE V.

Départ du *grand homme* pour l'armée. — Quelques particularités de son séjour à l'Elysée-Bourbon. — Esprit public. — Fédérations et fédérés. — Buttes Montmartre et Saint-Chaumont. — Dames de la halle; charbonniers; de leurs plaques, etc.

Après avoir cru une seconde fois enchaîner les destins des combats, avoir repeuplé ses corps d'armée, s'être fait précéder de sa garde, et méprisant l'unique base, l'unique pivot sur lequel doivent s'asseoir les plans des souverains, qui sont la justice divine et humaine, il part audacieusement, croyant soumettre aussitôt la Belgique, qui, dans sa démence, auroit été abandonnée par des armées étrangères depuis long-temps habituées à triompher comme les nôtres: sans prévoyance pour la retraite, sans aucuns moyens de tactique, de prudence, il livre bataille; ivre de quelques premiers succès que la science de ses ennemis lui accorde pour l'éblouir sur ses véritables dangers, il se précipite, lui et son armée, dans le piége, et récompense l'élite des braves, en la faisant courir à une mort certaine. Ici, point de calculs pour économiser leur précieux sang; il se flatte follement de pouvoir faire un *coup de main* sur des armées et une cavalerie innombrables, et ne veut pas réfléchir un moment que, dans l'hypothèse même d'un premier et grand succès, des armées fraîches en serre-file qui n'ont pas encore donné, vont reprendre en sous-œuvre la sienne, et lui arracher aussitôt une victoire aisée....... Mais alors il était déjà hors d'état de faire un raisonnement juste, et il s'était placé dans la nécessité de jeter aux hasards la vie de deux cent mille héros...; c'était, pour me servir d'une expression vulgaire, un *va-tout*, dont toutes les chances se trouvaient désormais contre lui...... Pendant ces mortels événemens, on cherchait, on continuait à vouloir fanatiser la populace, et des *énergumènes buonapartistes*, interprètes non avoués des sentimens de la nation, haussaient bien haut le nombre des fédérés et des fédérations; les dames de la halle même ne furent pas exemptes de la honte d'être accusées d'*enthousiasme*, et un matin, un colporteur se mit à crier devant leurs échoppes, leur acte de fédération; elles eurent beau protester contre cette risible imposture, dans leurs expressions à la *Vadé*, des *colporteurs d'encens impérial* ne manquèrent pas de porter *aux pieds du trône* les vœux des *bouquetières-amazones* des halles, qui, malgré que leurs inventaires fussent chargés de *lis*, voulaient cependant toutes mourir, disait-on, pour le *père la Violette*, et prétendaient haranguer et arrêter les Cosaques par l'explosion d'un style poissard....... Quant aux charbonniers qui, tout noirs qu'ils sont, ont constamment témoigné préférer les *couleurs blanches*, on fut obligé de les menacer de les priver de leurs plaques, et à la fois de leurs moyens d'existence, s'ils ne voulaient pas se mettre à la hauteur de l'enthousiasme général. *Le grand homme* ne manqua pas d'accueillir sous ses fenêtres, au château des Tuileries et à l'Élysée, ces plaisantes offres de services arrachées par la force et la terreur... Moi-même, qui dévoile ici ces ridicules menées, fus assailli chez moi par un gendarme et un *limier* de police, qui me déclarèrent que j'étais, bon gré, malgré, un fédéré, et que l'*empereur* était enchanté de mon *bon esprit national.* Je m'en défendis en vain; le sabre au côté on me prouva que j'avais le plus bel enthousiasme....... De ces odieux et plats artifices d'un fantôme de gouvernement à *l'extrême-onction*, et qui ne faisait plus connaître son existence que par des crises et des attaques convulsives, passons à des faits plus graves, et chassons-en pour toujours le dégoûtant souvenir.

CHAPITRE VI.

Bataille de Waterloo.— Gloire du prince de Waterloo. — Septième fuite du *sauveur de la patrie*; son quatrième retour ignominieux dans la capitale; son abdication d'un impériatoriat qu'il ne posséda jamais légitimement, etc.

Nous approchons de plus en plus de la dernière crise. Voici donc le signal des combats donné, et conséquemment l'occasion nouvelle pour les armes françaises de se signaler par de nouveaux faits héroïques! Comment les recueillerait-on tous!.... Chaque soldat de la garde, de la ligne, est un héros, et l'on éprouve en les admirant le regret cuisant qu'un si beau sang ait été versé pour un aventurier inhumain, trop habitué à fomenter l'imagination des Français, en lui parlant le langage de l'honneur.... Mais qu'importent des prodiges de valeur, s'ils ne sont pas dirigés, comme je l'ai déjà fait entendre, par une main savante, et surtout sous l'influence protectrice d'une cause avouée par la justice?.... Il fallut céder au nombre, à la supériorité, aux effets confus et tumultueux d'une retraite pour laquelle *le général en chef* n'avait rien prévu, si ce n'est les moyens de sauver sa personne du désastre général, et de pouvoir se réfugier dans la capitale, couvert, pour la septième fois, de l'ignominie d'un déserteur, et cependant y recevoir aussitôt de vils flatteurs à gages le surnom de *sauveur de la patrie*, tandis qu'il échangeait impudemment, à l'Élysée, *ses lauriers flétris* contre quelques *myrtes d'amour*.... Pourtant au milieu de ce nouveau et plaisant tribut d'admiration, qu'il s'étonne lui-même qu'on puisse avoir l'infamie de lui payer, les alliés approchent, et, plus francs que les chambres des représentans et des pairs, ne *l'adulent pas* sur les dangers personnels qu'il court. Buonaparte frappé du premier coup qu'il vient de recevoir sur le théâtre encore fumant de *la belle alliance*, poussé par ses ministres, et ceux qui occupent près de lui la place de vrais amis, abdique d'un pouvoir qu'il n'eut jamais, et pense jeter une pomme de discorde dans la coalition européenne, par un artifice grossier, sa renonciation au trône en faveur de Napoléon II. Il ne recueille de ce piége sans finesse que la honte de l'avoir imaginé.... Je m'arrêterai ici, pour composer le septième chapitre des faits qui découlent de ceux dont je viens d'entretenir mes lecteurs.

CHAPITRE VII ET DERNIER.

Le dernier hoquet de l'agonie du système *napoléonien.* — Proclamation de l'abdication en faveur de Napoléon II. — Nouvelles terreurs militaires exercées sur la partie saine et royaliste des citoyens de Paris. — Entrée triomphale de S. M. Louis XVIII; cortége brillant composé de sa garde royale; ivresse qui tient du délire; et enfin, dernier acte du *grand drame sanglant.*

BUONAPARTE, *sans existence politique*, ne pense désormais qu'à survivre *physiquement* à tous ses désastres, et après s'être fait, pendant quinze ans, le régulateur de tous les genres de mort, il prouve plus que jamais qu'il aime la vie, et que s'il l'a fait prodiguer aux autres, il n'en chérit que plus la sienne; un suicide qui paraît inévitable ne va pas terminer ses jours, il veut vivre pour le tourment de l'homme dont il a méprisé les intérêts les plus chers; il se dit en secret que, sous les auspices affreux de son nom et de sa criminelle célébrité, le sang humain sera encore long-temps répandu; et comme un torrent destructeur et fougueux qui, après avoir ravagé les campagnes, ne laisse, en se retirant, qu'un limon infect et dangereux; de même Napoléon, absent, laisse dans toutes les âmes l'esprit de discorde, de dissention, le feu des passions vengeresses et le foyer enflammé des guerres civiles. C'est en vain que des mers immenses vont le séparer du continent, l'isoler sur des roches arides; son ombre plane encore d'un vol funeste sur toute l'Europe, et *Buonaparte* enfin respire dans tout ce qu'il y a de malfaisant et de dangereux. A cet égard, combien le damnable fanatisme, qu'il a inspiré à ses enthousiastes, s'est douloureusement manifesté lors des journées des 3 et 4 juillet! au sein même d'un peuple immense on assassine de fidèles royalistes, et c'est le couteau d'un *napoléonien* qui ose impunément se montrer teint du sang d'un loyal Français! le meurtrier traverse tranquillement une foule frappée à la fois de stupeur et de sa criminelle audace, et l'impunité est assurée à cet infâme forfait!.... Quittons pour toujours ces peintures déchirantes, les plus beaux tableaux nous attendent; on sent déjà que je veux parler des approches consolantes d'un souverain adoré.... Qu'ils frémissent de rage tous ces *sicaires*, tous ces esclaves déhontés, qui ont traîné le char sanglant de Napoléon, en contemplant l'ivresse, le délire des vrais Français, des gens de bien ; c'est ici le TRIOMPHE DES ROYALISTES ; et triomphe fût-il jamais plus flatteur et plus mérité !... Ne vous semble-t-il pas, vous qui, comme moi, chérissez les BOURBONS, vous, apôtres de vos PRINCES LÉGITIMES, que l'air est déjà plus pur, le ciel plus serein ; c'est celui de la liberté, sous les auspices d'une monarchie paternelle : on ne craindra plus de voir cette association grotesque de mots, tels que *liberté individuelle*, *idées libérales*, retentir particulièrement dans les assemblées de la servitude ou les cachots de la Force ; des journalistes à gages, écrivant à *plat-ventre* sous le poids de l'argent et le joug d'une police tyrannique, ne vanteront plus les prémisses du retour du *héros* qui, pour premiers présens funestes, répandit sur notre sol l'horreur des guerres intestines et extérieures.... Non.... — vous ne tremblerez plus, citoyens, épouses et mères désolées ; vous ne craindrez plus de voir à votre lever placarder à votre porte l'arrêt mortel de vos fils, de vos frères, de vos neveux !... *La guillotine de Robespierre*, qu'un Corse avait eu le génie malfaisant de changer en un *sabre impérial*, est brisée pour toujours ; les registres sanglans de la conscription, de la fédération, des arrestations; les *coulisses* ridicules du Champ-de-Mai, ou de plus ridicules *polichinélies* ont donné le spectacle prétendu national d'une farce politique; tous ces échaffaudages sont détruits, tous ces vains refuges du *crime en démence* sont renversés, et les cent deux jours d'une dictature atroce sont passés à jamais! Nous n'irons plus *sous l'ordre de la baïonnette* creuser des tombeaux sous les murs mêmes de la capitale; Dieu a pris pitié de nous, et manifeste visiblement sa toute-puissance dans la dernière scène qui vient de se passer!.... Que le sourire qui avait déserté vos lèvres y paraisse donc sans crainte; continuez, sexe charmant, qui trouvez dans l'exil du tyran et le retour de Louis XVIII votre principal bonheur; vous mères, sœurs, épouses intéressantes dont les affections ont été si long-temps déchirées et méconnues, continuez, dis-je, de vous livrer sous les yeux de votre roi aux justes transports de votre délire.... Méprisez *le buonapartiste*, ennemi jaloux de votre félicité, qui cherche sans cesse à la troubler par les efforts impuissans de sa secrète rage, votre joie fait son supplice, et malgré les vils et exécrables moyens de ses *ciseaux*, de son *eau-forte*, de *ses cris de mort*, vous triomphez plus que jamais de sa fureur en démence ; ne vous attendez pas qu'il puisse vous pardonner un bonheur qui cause sa honte, et auquel son défaut de délicatesse, d'humanité et de sentiment le rend tout-à-fait étranger ; il a beau se venger par un sourire ironique, il étouffe du fiel qu'il nourrit, et *le triomphe des royalistes et de la cause sainte* le précipite enfin, avec la derniere scène du GRAND DRAME SANGLANT, dans le mépris et l'oubli dont il n'aurait jamais dû sortir.

Gardez-vous donc bien de ces craintes pusillanimes et chimériques qui, doublant l'importance du *napoléoniste*, accréditent les nouvelles alarmantes qu'il affecte de répandre souvent avec un air affligé, afin de jouir de votre douloureuse surprise, et comprimer sur votre figure l'allégresse qui y éclate et qui cause à la fois son mortel dépit.... Il ne manquera pas de vous dire, d'un ton mystérieux et plein de ses criminelles espérances : « On dit, *on assure*
» *même* que Buonaparte ayant séduit tout l'é-
» quipage du *Northumberland*, s'est échappé
» sur un esquif; et favorisé par un corsaire
» tunissien, ce héros va bientôt appeler, de
» tous les points de l'Europe, ses nombreux
» partisans vers les côtes d'Afrique, qui désor-

» mais vont devenir le théâtre de ses nouvelles » tentatives..... » Lui-même, dans son absurde fanatisme, ce *napoléoniste* souvent croit à cette fable ridicule, s'il ne l'a pas forgée le premier; mais loin alors de témoigner une inquiétude dénuée de toute espèce de fondement, riez de la pitié qu'inspirent l'imposture et l'imposteur; et soigneux d'éviter la présence de cet *ennemi-né* de la joie et de la félicité publique, de ce colporteur de mensonges, ralliez-vous aux vrais Français..... Ne voyez-vous pas déjà les flots de cette foule animée du plus vif enthousiasme, accélérer, par ses cris de VIVE LE ROI! le moment fortuné où notre généreux monarque viendra nous rassurer, nous consoler par les paroles et les gestes de la plus affectueuse expansion?.... C'est également là, sous les fenêtres du château, que, confondant mes transports avec les vôtres, vous m'entendrez crier : VIVE! VIVE LE ROI! et rejetant pour toujours la mémoire de la plus odieuse usurpation, nous nous consolerons dans la perspective d'un avenir de bonheur que la dynastie des BOURBONS peut seule procurer à la France.

FIN.

EXPOSITION DES MATIERES

CONTENUES DANS CHAQUE CHAPITRE.

Pages

CHAP. Ier. Intrigues du cabinet de l'île d'Elbe; Évasion de Buonaparte de cette île. — Son débarquement au golfe Juan. — Ses manœuvres sur les côtes du département du Var, et son arrivée à Lyon. 13

CHAP. II. Entrée de Buonaparte dans Paris. — Départ du Roi et des Princes. — Impostures. — Trève prétendue de vingt ans dans sa poche. — Arrangemens supposés avec la maison d'Autriche. — Nouveau traité avec Murat. — Promesses fallacieuses de l'arrivée de S. A. I. l'Archiduchesse Marie-Louise. 26

CHAP. III. Fête nationale; feu d'artifice. — Champ-de-Mai, et Vendée. 30

Pages

CHAP. IV. Revues passées au Carrousel. — Buste du *grand homme* promené dans Paris. — Conscription de 1815 ; militaires pensionnés et retraités appelés ou plutôt forcés de marcher, etc. etc. 36

CHAP. V. Départ du *grand homme* pour l'armée. Quelques particularités de son séjour à l'Elysée-Bourbon. — Esprit public. — Fédérations et fédérés. — Buttes Montmartre et Saint-Chaumont. — Dames de la halle ; charbonniers ; de leurs plaques, etc. . . 41

CHAP. VI. Bataille de Waterloo. — Gloire du prince de Waterloo. — Septième fuite du *sauveur de la patrie ;* son quatrième retour ignominieux dans la capitale ; son abdication d'un impériatoriat qu'il ne posséda jamais légitimement, etc. 45

CHAP. VII ET DERNIER. Le dernier hoquet de l'agonie du système *napoléonien.* — Proclamation de l'abdication en faveur de Napoléon II. — Nouvelles terreurs militaires

Page

exercées sur la partie saine et royaliste des citoyens de Paris. — Entrée triomphale de S. M. Louis XVIII ; cortége brillant composé de sa garde royale ; ivresse qui tient du délire ; et enfin dernier acte du *grand drame sanglant*. 47

FIN DE LA TABLE DES MATIÈRES.

DE L'IMPRIMERIE DE MADAME VEUVE JEUNEHOMME,
rue Hautefeuille, n°. 20.

www.ingramcontent.com/pod-product-compliance
Ingram Content Group UK Ltd.
Pitfield, Milton Keynes, MK11 3LW, UK
UKHW031948260826
14628UKWH00004B/1937

9 782012 986381